娃放娃牛

图、文：于平　任凭

主编：赵镇琬

新世界出版社

NEW WORLD PRESS

喜欢看海，喜欢爬山，喜欢绿树红花。

有个放牛娃，头上戴朵花，
坐在牛背上，嘴喊驾驾驾！

有个放牛娃，手拿大荷花，
与牛捉迷藏，藏到荷叶下。

有个放牛娃，采到一枝花，
牛也着了迷，趴下不走啦！

有个放牛娃，牵牛到树下，
把牛系树上，他把树来爬。

有个放牛娃，骑牛要回家，
忽然乌云来，大雨哗哗下。

有个放牛娃，放牛到山下，
牛去吃青草，他却睡着啦！

有个放牛娃，爱看牛打架，
一看牛打架，他就笑哈哈！

有个放牛娃，你猜他干啥？
来到河边上，下河捉青蛙。

有个放牛娃，笛子手中拿，
吹支夕阳曲，牧归要回家。

告诉你，**两**位作者……

　　他是于平，她是任凭，两人同龄，都属老虎，经常在家唱那首："两只老虎，两只老虎，跑得快，跑得快，一只没有尾巴，一只没有耳朵，真奇怪，真奇怪。"他们又画了好多奇怪的画，画了一大串老鼠，又画了好多头牛，说是还要画几只可爱的大老虎，是不咬人的。

　　他们除了喜欢画奇怪的画，再就是喜欢过简单的生活，喜欢看海，喜欢爬山，喜欢绿树红花。

作者小传

于平，男，1962 年生，山东荣成人。任凭，女，1962 年生，山东高密人。夫妻二人均毕业于山东轻工业学院艺术设计专业自考大专班，现为职业画家。于平、任凭擅长剪纸艺术及版画创作，代表作品有三十八米长的剪纸长卷《老鼠嫁女》及百米版画长卷《妈祖圣迹图》。

他们已出版的画册及儿童读物有《老鼠嫁女》、《吉祥百图》、《自说自画忆童年》、《风土情》、《春节特展》、《鼠年的礼物》、《识字儿歌》、《寓言故事》、《中国传统节日》、《宝宝同乐园》、《于平、任凭版画作品集》等四十余册。最近还设计了2008 鼠年生肖邮票及 2009 牛年邮政有奖信卡及信封邮资图。

放牛知一点

一、你知道怎么骑牛吗?

　　我听说过两句口诀:搭角!牛就会俯下身来,然后攀上牛背(一定要跨在上面哦!因为牛背是块活板,侧着骑很容易摔下来的呢!),再说一句:送角!牛就起来了。

二、知道一点放牛的春夏秋冬

　　春天骑牛:暖和
　　早春的天气比较冷,但是骑在牛背上暖乎乎的,一点也不感觉到冷。

夏天骑牛：骑牛涉水

夏天天热，在乡间找个大水塘，骑牛下水游戏。牛带着人，人不用考虑自己会不会游泳，只要跟着牛一起自由地在水里游弋就好。

秋天放牛：自由自在

秋天牛的劳动没那么多，一般都会悠闲地吃草，一吃吃个大半天，放牛娃又对放牛的地方非常熟悉，就可以放任牛吃去。而自己跟别的放牛娃玩去了。

冬天放牛：轻松

冬天放牛就是为了让牛活动活动，放牛的时间也不长。主要任务是：让牛吃吃草，找条干净的小溪喝喝水。

剪纸练练手 · 小青蛙

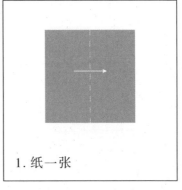

1. 纸一张

2. 对折

3. 画上半只小青蛙

4. 剪出形状

5. 用裁纸刀镂空

6. 小青蛙跳出来了！！！